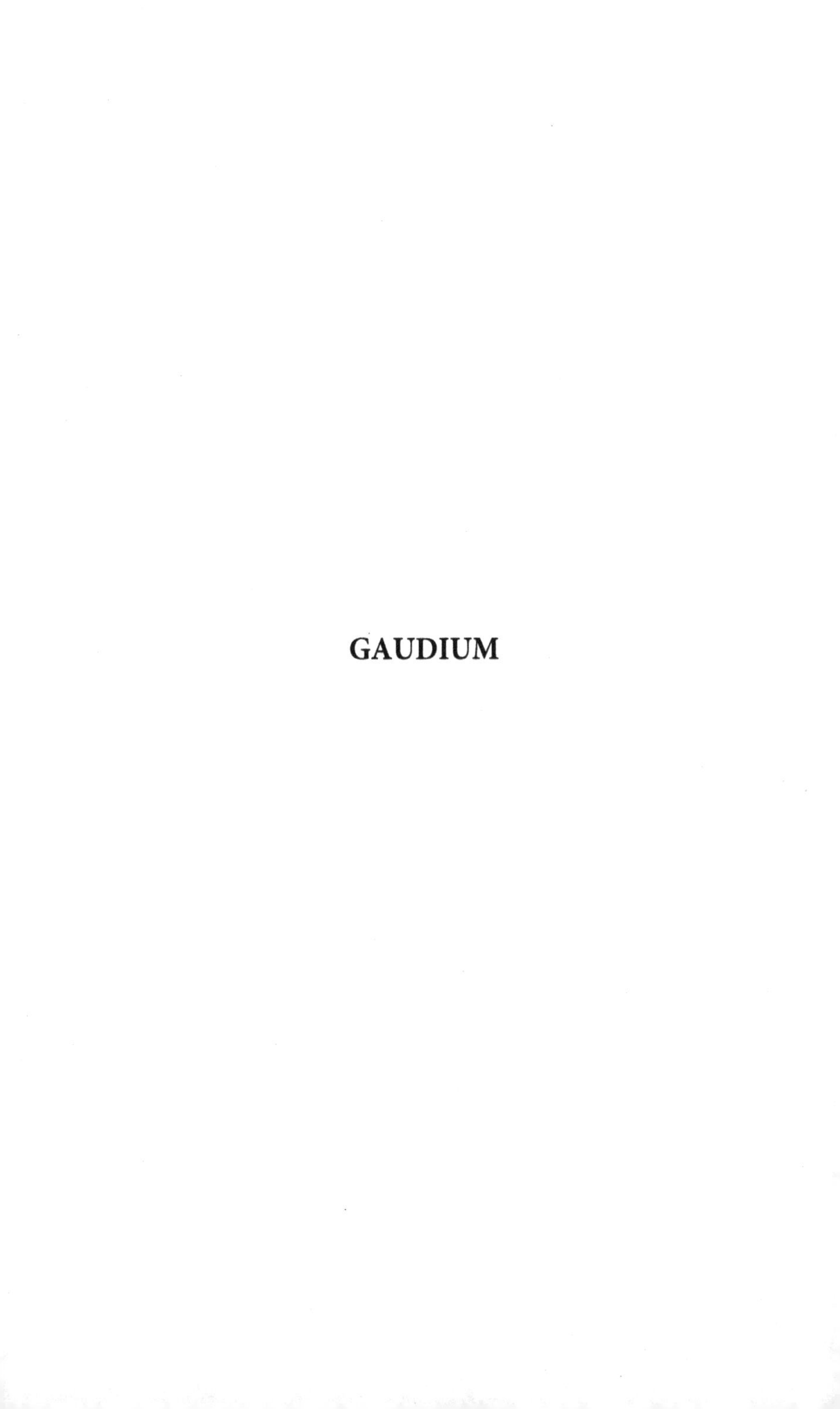

GAUDIUM

Du même auteur

La Cohérence de l'œuvre poétique de L. S. Senghor, NEI, 2001
Senghor et la civilisation de l'universel, Harmattan, 2013
Vocabulaire de la poésie francophone, NEI/CEDA, 2014
Quetzal, Ed du Panthéon, 2015
Anthologie de la poésie guyanaise (en collaboration) RIVENEUVE, 2016
Pampres, DOXA, 2017
Elie Stephenson et Serges Patient,... Orphie, 2018
Regard Kaléidoscopique sur la poésie ivoirienne écrite, DOXA/PUMCI, 2018

RENÉ M. GNALÉGA

GAUDIUM

(Poésie)

ISBN : 978-2-38499-051-1

À
Élisabeth
Et Jérémie
GNALÉGA

En Hommage
à AMOY FATHO

PRÉFACE

Mots de Joie et de Vie

Gaudium. Djaka. Joie.

En trois langues, du latin au français, en passant par le dida, voilà le mot qui, sous moult variations, parcourt les poèmes que nous offre René Gnaléga et leur donne couleurs et sens. *Gaudium* célèbre la Joie et le poète a foi en la suprématie de la Vie. « *Que la joie soit votre respiration/Votre hymne permanent* » : tel est le viatique que nous donnent ses derniers vers.

Poète, René Gnaléga ? On ne le sait peut-être pas assez. Professeur Titulaire, spécialiste de Poésie à l'Université Félix Houphouët-Boigny de Cocody, il est également Président de l'Université Méthodiste de Côte d'Ivoire et de la Fondation Bernard Dadié. Pour ma part, avant de rencontrer, il y a quelques décennies, le jeune Enseignant-chercheur René Gnaléga, j'avais eu le privilège de pratiquer le père de l'auteur, le légendaire enseignant et pédagogue Jérémie Mémé Gnaléga, à qui il dédie du reste ce livre. Ayant travaillé, à l'époque, à l'édition de la *Revue de la Fondation Félix Houphouët-Boigny*, sous la direction du mythique Bernard Dadié, j'avais découvert, en son bras droit, Jérémie Gnaléga, un homme de grande rigueur et de grande culture. Cette grande culture innerve les présents poèmes de René Gnaléga, nourris en plus de ses talents propres de créativité et de virtuosité.

Un maître de la parole poétique cordiale

René Gnaléga m'avait éclairé en 1993, à travers un article dans la revue *Questions actuelles* que j'éditais à l'époque, sur la poésie de Amoy Fatho, à qui il rend ici fidèlement hommage. L'universitaire spécialiste de la poésie a notamment publié des études sur l'œuvre de Senghor et la poésie francophone, ainsi que des anthologies de la poésie de la Côte d'Ivoire et de la Guyane où il a exercé pendant quelques années. Mettant la main à la pâte de la création, il a déjà fait paraître deux livres de poésie : *Quetzal* et *Pampres.*

René Gnalega est véritablement amoureux des mots ; il l'avoue : « *J'aime les mots/Les mots qui font rêver/Les mots qui font éclore/ma cadence jubilatoire* ». Dans *Gaudium*, la richesse, la variété, l'enchaînement des mots judicieusement choisis, la fluidité dans le rythme laissent apprécier un maître de la parole poétique cordiale, en tant que fusant du cœur - et de l'émotion –, nullement alourdie par des réminiscences académiques du technicien de la poésie.

Joie de vivre, foi en la Résurrection

Ce n'est pas sans raison que le poète Gnaléga, homme de foi, ose un mot latin, à connotation religieuse, comme titre de son ouvrage. **Gaudium, la Joie**, en tant que nom, renvoie à des textes théologiques chrétiens contemporains et actuels : *Gaudium et spes*

(La joie et l'espoir)[1]; *Evangelii Gaudium (La joie de l'Évangile)*[2] - à quoi on pourrait ajouter : *Gaudete et exsultate* (*Réjouissez-vous et exultez*)[3], etc. Mais fondamentalement, l'impératif **Gaudete ! Réjouissez-vous !** est pour ainsi dire un commandement biblique :

« *Réjouissez-vous toujours dans le Seigneur, de nouveau je le dirai : Réjouissez-vous. Que votre affabilité soit connue de tous les hommes. Le Seigneur est proche.* » (Épître de Paul aux Philippiens, IV ; 4-6).

Et pour certains chrétiens, **Gaudete (Réjouissez-vous)** est le premier terme de la prière d'ouverture du **dimanche de la Joie**, le troisième dimanche du temps liturgique de l'Avent, autour de la naissance de Jésus-Christ.

Le poète de *Gaudium* s'approprie pleinement et amplifie cette exhortation du **Gaudete** :

« *Réjouissez-vous sans cesse/sans trêve/Enivrez-vous de joie/Vivez pleinement intensément/l'instant plénier/Buvez à la source de la vie* ».

Pulpe, suc, sève… autant de variations sur le thème de la vie qui est célébrée, au fil des poèmes de René Gnaléga, à travers femme, fantasme, nature, terroirs

---

[1]*Gaudium et Spes* [Traduction : *Joie et espoir*], Constitution pastorale issue du Concile Vatican II, 8 décembre 1965.

[2]*Evangelii Gaudium : la joie de l'Évangile,* Exhortation apostolique du pape François, 24 novembre 2013, donnée en conclusion de l'Année de la foi.

[3]*Gaudete et exsultate* (en français : *Réjouissez-vous et exultez*), exhortation apostolique du pape François, datée du 19 mars 2018 et publiée le 9 avril 2018, sur l'appel à la sainteté dans le monde actuel.

et pays. Le poète n'est pas pour autant un apôtre de la joie béate. Sa célébration poétique de la joie de vivre se fonde sur la foi chrétienne en la Résurrection.

Ainsi, le poète se désole de voir un être cher « *tombé sous les fourches caudines de la faucheuse* » mais :

« *La faucheuse n'a pas résisté à la suprématie de la vie/à l'éclatement victorieux de la vie/à la résurgence de la vie/[...] des vendanges festives/de la résurrection du Christ/de l'éternelle vie/de la vie pour toujours en partage.* »

Il note ailleurs : « *L'ombre de la mort/est/vaincue/ par le Christ Seigneur* ».

Ou encore : « *Quelle farce la vie! /Commedia dell arte/[...] de la mort indomptée/indomptable/et pourtant domptée/par le Christ vainqueur/Farce de la vie sans Christ* ».

Avec pas moins de trois séquences intitulées "Hymne à la Joie", *Gaudium* pourrait se lire sur fond musical de l'hymne homonyme de la neuvième symphonie de Beethoven, mettant en musique un poème de Schiller, et devenu hymne européen.

Gaudium, Djaka, Joie : pourquoi donc ne pas, dans la foulée, ajouter : **Freuden** en allemand — et les équivalents à l'avenant de votre palette linguistique? Au-delà de la foi chrétienne qui met en mouvement les paroles de l'amoureux des mots, *Gaudium* de René Gnaléga nous présente des éclats de beauté universelle.

Lucien Houédanou
Journaliste, critique littéraire

« La vie n'est supportable que si l'on introduit
non pas de l'utopie mais de la poésie, c'est-à-dire de
l'intensité, de la fête, de la joie,
de la communion,
du bonheur et de l'amour »

Edgar Morin,
Vers l'abîme

« Enivrez-vous, enivrez-vous sans cesse ! De vin, de poésie ou de vertu, à votre guise »

Charles Baudelaire,
Le Spleen de Paris

Et me sourit la candeur
vertébrale du premier chant
du coq
pour notre joie.

LE SALUT

Alors que tout espoir était perdu
Dieu lui-même est descendu jusqu'à nous
Son sang versé est notre salut
Car Dieu nous aime tous.

KYRIÉ

Souffle souffreteux du soufre
Souffle la suie dans la pestilence
outrecuidante de l'âcre odeur
de la souffrance et de la douleur
extrêmes
Dans le silence - tintamarre
il faut sortir de l'enfer de la déréliction et du
spleen
pour chanter et dire
kyrié eleison[4]

[4]Seigneur prends pitié

DIEU

Orfèvre parfait du Cosmos
Il est le Maître de l'horloge intemporelle
Son souffle inonde l'onde et le monde
pour nous offrir l'essence de l'existence.

SOLEIL

Le soleil nous offre ses rayons
Et nous les accueillons
Ainsi la vie devient un rayon de soleil
pour savourer les moments de merveilles.

SOUS NOS YEUX

Sous nos yeux le monde se désagrège,
s'étiole
Sous nos yeux tout s'envole
en fumée
Sous nos yeux le monde
s'embrase
Quel est ce monde dans lequel le mensonge revêt les atours
de la vérité ?
Quel est donc ce monde
où les valeurs sont renversées ?
Que ferons-nous pour que
le monde change sous nos yeux ?

IL EST TOMBÉ

Il est tombé sous les fourches caudines de la
faucheuse
sans limite
sans cœur
sans âme
sans nom
sans ami
Piteuse existence
vouée à la putréfaction
poubelle
putride
pestilentielle

Mais
L'ombre de la mort
est
vaincue
par le Christ Seigneur

La faucheuse n'a pas résisté à la suprématie de la vie
à l'éclatement victorieux de la vie
à la résurgence de la vie
de la germination
du mûrissement
de la moisson
de la récolte
des vendages festives

de la résurrection du Christ
de l'éternelle vie
de la vie pour toujours en partage.

QUELLE FARCE LA VIE ! I

Quelle farce
dans l'évanescence des instants
éphémères
Je m'inonde et me plonge
dans des bonheurs fugaces
Et je découvre que tout n'est
que joies fugitives
Quelle farce la vie !
Je me promène et je découvre
que tout m'apparaît comme un mirage fulgurant
un météore dans un ciel
sans constellation
Et je m'aperçois éberlué
et m'exclame
Quelle farce la vie !

QUELLE FARCE LA VIE ! II

Je suis comme un personnage
étrange
étranger
dans le théâtre des événements
d'une existence farcesque
Quelle farce la vie !
Commedia dell arte
Dans le candélabre des nuits extatiques
et des plaisirs inouïs
et de la mort indomptée
indomptable
et pourtant domptée
par le Christ vainqueur
Farce de la vie sans Christ
Quelle vie de farce !
Et
Quelle farce la vie !
Sans Christ

Quête inextinguible du bonheur
primitif et plénier
Source intarissable de la soif
inassouvie
Boule de feu
Boule de Suif
me consumant jusqu'à l'épuisement
de mon ultime énergie

à l'infini de l'infini
jusqu'à l'ivresse indicible
du désir envahissant
et
permanent.

GAUDIUM

Joie, jubilation, trémulation
de la terre mienne
dans l'incandescence
étincelante du
SOLEIL
rutilant
irradiant
ses rayons
de feu
pour nourrir notre sève
JUBILATOIRE.

DJAKA[5]

Carillon, chant
cliquetis clochettes
Liesse populaire
Danse endiablée virevoltante
GAUDIUM
Fête et hymne à
la vie
Hymne au rythme
Rythme et trémulation
Trémulsion
Hosanna Hosanna
Alléluia Alléluia

D
J
A
K
A

[5]DJAKA = *Joie* en Dida

BOWA ZAGBA

BOWA ZAGBA toi aux mille
et un combats
Guerrier invincible
intrépide
aux mille et un exploits
BOWA ZAGBA
L'Ancêtre mien à la bravoure connu reconnu
Tel le célèbre et pieux
chevalier Bayard
sans crainte ni peur
combattant jusqu'à
la dernière énergie
Tel le mythique et valeureux
DJEREBEUGBEU
L'unique chasseur
à l'origine du Didiga
BOWA ZAGBA
l'ancêtre mien
Parangon de bravoure
de détermination
de résilience
et de vaillance
auréolé de pampres
pour chanter l'hymne
du courage et de la victoire
dans un parfait GAUDIUM.

LAKOTA

LÔKOUDA[6]
LIKOUDA[7]
LÔ LÔ LÔ[8]
Les éléphants les éléphants les éléphants
Lô l'or lô l'or lô l'or
Lô Kouda
Les éléphants sont ici
Les ivoires sont ici
La nourriture est ici
Luei Kouda[9]
L'éléphant est ici
La richesse aussi
et notre patrimoine
y est enfoui.

---

[6]Les éléphants sont ici
[7]Il y a de la nourriture
[8]Les éléphants
[9]L'éléphant est ici

AU-DELÀ DU MONT TONKPI

Au sommet du Mont Nimba
Au-delà du Mont Tonkpi
vers l'extrême ouest
de mon beau pays d'Ivoire
Entre chutes rapides d'eau d'argent
et futaies verdoyantes
J'ai contemplé, émerveillé,
les cimes des collines illuminées
escarpées glissantes fangeuses
pour conquérir du regard
des espaces inouïs et éblouis
Et j'ai découvert mille et une
cryptes de perles orangées
Et de senteurs enivrantes suaves
et merveilleuses
Et pourtant
cette terre mienne
de mon ombilic vertébral
de coalescence
ploie sous le poids
des eaux en furie
pendant les saisons des pluies
orageuses
Colère de Poséidon
Colère pluvieuse
Colère engloutissante
de vies

Colère inondant la vie
de ses éclats rutilants
et glauques
et plongeant la terre
dans un rictus sanguinolent
Et pourtant
au sommet du Mont Nimba
au-delà du Mont Tonkpi
vers l'extrême ouest
de mon beau pays d'Ivoire
Entre chutes rapides d'eau d'argent
et frondaisons sauvages
J'ai vu la vie fleurir
malgré les jours sombres et
ténébreux d'hier
Houles ininterrompues
de la vie renaissante
dans la jubilation extatique.

MON ÉLIXIR

J'adore la pulpe et les senteurs
enivrantes de tes formes voluptueuses
et girondes
Clairière somptueuse et suave
Beauté illuminant les ténèbres
opaques de mon œil
étincelant et lumineux
Tu es l'élixir éternel
de mon âme enchantée

Le plaisir exquis s'intensifie
Dans la plénitude de l'instant qualifié
Vibration de la vie au rythme
baptismal
Sous les rives inouïes de l'extase.

VOICI VENUE L'HEURE

Voici venue l'heure la meilleure
celle de nos amours
éblouissantes
Voici l'heure essentielle
de la vie
et de la jubilation
Voici venue l'heure providentielle
de la cueillette
et de la moisson
Voici l'heure tant
attendue
où fusionnent frissonnent
nos envies et désirs inavoués
Voici… Voici
Voici la minute
sacrée
celle de l'envoûtement
et de la délivrance
vibrante et ensorcelée
de la purification
et de la rédemption
sotériologiques.

J'AIME LES MOTS

J'aime les mots
Les mots qui font rêver
Les mots qui font éclore
ma cadence jubilatoire

***

J'adore les mots
qui font apparaître
mon être intérieur
mes fantasmes
mes rêves et mes rêveries

***

J'aime les mots
Les mots qui font surgir
du néant l'être aimé
jusqu'au dévoilement total
Les mots qui dévoilent
l'être aimé tel qu'en lui-même

***

J'aime les mots qui dévoilent
l'être adoré
dépouillé de tous les artifices
J'aime la cadence des mots
de ma quête pérenne
de joie

***

J'aime les mots
qui déplacent montagnes et collines

***

J'aime les mots qui déshabillent
et habillent le cosmos
J'aime les mots qui rendent
lyriques
mes paroles essentielles
jusqu'à l'explosion de mon âme envoûtée.

FEMME

Femme fantasque
Fêlure fleurie
Fissure folle
Femme-vouivre
Éternellement voluptueuse.

FANTASME

Fantasme femme
Fantasme féminité
Fantasme femelle
Fantasme folie de la femme
désirée
Fantasme de la femme adorée
Fantasme du désir non dompté
non réalisé
non accompli
non achevé
Fantasme imagination reine
Fantasme rêve et être
éthérés
Fantasme rêve rêverie
Fantasme désir inassouvi
Fantasme frustration
Fantasme folie douce,
brûlante et incandescente
Vas-y pour fantasme
Fantasme fantaisie
Folle du logis,
Biche échappée de son haras
course échevelée et vagabonde
FÉMINITÉ EXALTÉE
FANTASME DÉBRIDÉ
FEMME VOUIVRE
FEMME VOLUPTUEUSE

VOLUPTUEUSEMENT VOLUPTUEUSE
Nous sommes prêts à
tous les
FANTASMES.

IVRESSE I

Jour de fête
de beauté
de joie
et de bonheur
Vu dans l'ivresse enivrante
envoûtante
de l'amour-bonheur
Jour de la FEMME
Telle qu'en elle-même
VOLUPTUEUSE GIRONDE PULPEUSE
Mais belle dans l'embrasure de
L'ENCHANTEMENT
FEMME TOTALE
BEAUTÉ FATALE
Ivre
vivre
Joie
Bonheur

IVRESSE II

Jour sans pareil
Unique
SUBLIME

Soleil premier
Jour premier
BEAU
*

Jour où
Coula abondamment le vin
bain de vin « in vino veritas »
pain de vie
pain de joie
Mais non vain plaisir
*

Soif de vie
Secrétant la vie
Débordement orgiaque
Excès
Accès à toi
Accès à moi
Accès racine intime de mon être ébloui
*

Moelle de toi
Moelle de moi
Ivresse de toi
Ivresse de moi

En totale ébriété
En totale harmonie
En totale et merveilleuse
fusion
UNION MIRACULEUSE
UNION – ABSORPTION
DEUX CORPS EN UN
Union magnifique
Union miraculeuse
Union extatique
Et
INDICIBLE
Du plaisir infini
éthéré
au nirvana loin du narval
*
ô profusion de joie !
zone insoupçonnée
de la joie et du bonheur
inespérés
inégalés
de moi en toi
et
de toi en moi
suc divin
du mystère miraculeux de
l'AMOUR ABSOLU TOTAL et
ACHEVÉ.

DÉVOILEMENT

Je dévoile

profondément
délicieusement
minutieusement
savoureusement
rageusement
doucement
pleinement

la pulpe du plaisir extatique
infini de la joie
à son paroxysme.

LE SUC

Suc
de la vulve
de la pulpe
pulpeuse
mûre
et pure.

PULSION JUBILATOIRE

Ma pulsion jubilatoire
La patience
La pénitence
La piété
La perversité
La pulpe
La papaye mûre
La passion parfaite
et achevée.

À FLEUR

À fleur de sang
À fleur de veine
À fleur de peau
À fleur de vue
À fleur de vie
À fleur de jasmin
À fleurets mouchetés.

LA TRAVERSÉE

Sans phare, sans fard ni dard
J'ai traversé le fleuve onctueux
L'âme même du souvenir
Et j'ai contemplé de mes yeux
La pulpe quintessentielle du plaisir.

VOL D'OISEAUX

Colibri
Oiseau au plumage
ravissant
dans la pénombre
s'échappant de la volière
ainsi que
le quetzal vainqueur
verdoyant
Proue poupe
Tribord bâbord
J'ai vu au loin
au firmament
opaque et lumineux
luminescence ténébreuse
Les oiseaux voltigeant
dans l'immensité céleste
quetzal
ibis rouge
volant volant
Rompez les amarres
Et libérez l'espace
sans fin de nos
angoisses sempiternelles
pour vivre de façon
aérienne
et découvrir la quintessence
de nos êtres éthérés
libres de toute pesanteur.

MA SÈVE NOURRICIÈRE

Ma sève printanière
nourricière
ainsi que
l'alma mater
Terre poreuse, fertile,
féconde
porteuse de l'humus
Terre créatrice
du limon
de l'écoulement
laminaire
de vie
Verte perle
laissant éclore
l'oiseau vert
voltigeant dans
la diaprure de
l'horizon crépusculaire.
Et qu'apparaissent
le quetzal vainqueur
et l'ibis rouge
dans le gazouillis
sonore du cosmos.

CLAIRIÈRE DU MATIN PREMIER

Le clair matin
des matins de Dieu
Et des premiers porteurs
de la Bonne Nouvelle dans
notre terre d'Ivoire
Clairière bruissante
du matin premier
source inaltérée
de la vapeur enivrante
du pur nectar
de nos heures salvatrices
annonciatrices
du clair matin
des matins de Dieu.

HARMONIE DU COSMOS

L'aubade du barde
où
Melpomène fusionne avec
le bel canto
et la lyre enchanteresse
du mythique Orphée
féconde l'hymne éthéré
de Terpsichore
pour que le monde
chante et mime l'harmonie
cosmique au cœur
du mouvement bipolaire
systole et diastole
qui rythme le battement
tellurique de la source vive
du fleuve souterrain
et ancien de l'illud tempus.

IL FUT UN TEMPS

Il fut un temps
où tous ceux que
j'aimais étaient tous vivants
dans la candeur suave
de la vie familiale.
C'était le temps
des vertes et belles années
Tout grouillait de la
plénitude de la vie
C'était le paradis
Les oiseaux volaient
dans l'immensité
Et la nature était
d'un vert éclatant
Et l'espace était en
parfaite harmonie avec
les êtres, les phonèmes
et les choses
en célébrant la vie et
la joie
sans crainte de l'ouroboros
Ma mémoire obsédante
revit sans cesse
ces belles et vertes années
où
tout n'était que
vie et harmonie.

GAUDIUM

Joie de l'éclosion de la vie
Joie de la naissance
Joie de l'aube opaline
de la candeur vertébrale
du premier chant du coq
Joie de la fête dans
l'allégresse des cœurs réunis
Joie de mon âme réjouie
Joie du salut
Joie du bonheur à son point achevé.

EFFLUVES

C’était « au temps lointain »
de nos amours vibrantes
et éternelles
Où le ciel fusionnait
avec la terre-mère
dans une suave et douce
harmonie
Là-bas au bout du monde
Aux extrémités de la terre
À la verticale de l’équateur
où nos êtres épanouis et joyeux
vécurent et burent dans l’onde
vaporeuse et chatoyante
et la clarté baptismale
miroitant de mille éclairs
onctueux
dans le crépuscule du matin et du soir
le pur et succulent nectar du bonheur

HYMNE À LA JOIE I

C'est la fête au village
Hommes, femmes et enfants
laissent éclater leur joie
en toute et parfaite éclosion
Coryphée
Chants
Hymnes
Libation
C'est le parcours initiatique extatique
et dionysiaque des cœurs réjouis
Hymne à la joie
Hymne à la fête
Rythme virevoltant et vibratoire
Danse de fête et de joie
Chant de l'aimée aux confins
de la route des palmes
Joie débridée
Sons du tambour et du tam-tam
Cris stridents
STRIGATUR
JUBAL
Dans la cohue enivrante
De l'hypnose totale
Ferveur indescriptible
des cœurs joyeux jusqu'à la totale
immersion dans l'onde
du clair matin

Cœurs en fête
Procession de palmeo
Kaolin sur les corps nus
Rires bruyants
Chants de joie
Délires en fête
Rythme virevoltant
Rythme imitant
la cadence du cosmos
Danse vibratoire vertébrale
soulevant de la terre ferme
une nuée de poussière
TANTALE
Joie parfaite des cœurs réjouis
Dans l'explosion extatique
des corps endiablés
Rythme de vie
Vie de la joie de l'homme
Ayant expulsé ses angoisses
putrides et délétères
Joie du retour à la vie
Joie du bonheur premier plénier
Joie de la procession
Triomphante et triomphale
Hymne de paix
Hymne de joie
Hymne du bonheur total
Joie donnée par le divin Père
Oh joie parfaite de l'oint!
Fanfares
Foule innombrable en liesse
Danses et chants rythmés

De cadence en cadence
Mouvement endiablé
Fête de l'aimée et de l'amour
Retrouvailles extatiques
Dans la candeur matinale
diaphane du premier rayon
du soleil vainqueur
et des cœurs
des miasmes
et de l'engourdissement
de la lourdeur pétrifiante
de la vie
telle qu'en elle-même.

HYMNE À LA JOIE II

Hymne à la vie
Hymne du Coryphée
à la lisière des rizières en fête
Hymne de l'aimée
Hymne du tambour
à la fête de l'aimée
Joie parfaite des cœurs
Dans la ferveur suave
et extrême
D'un bonheur
où le GAUDIUM
explose
de toutes les fibres intimes
de l'être.

HYMNE À LA JOIE III

Ne laissez place à la tristesse
Ne laissez aucun espace à la torpeur sclérosante
Ne laissez aucune once
d'interstice à la torpeur languissante
lourde gourde de la mélancolie
ankylosante
Réjouissez-vous sans cesse
sans trêve
Enivrez-vous de joie
Vivez pleinement intensément
l'instant plénier
Buvez à la source de la vie
Appréciez totalement
toutes les cadences de la vie
Savourez intensément
le suc extrême de la vie
Expulsez vos angoisses
sordides par le rythme
Quêtez l'aurore boréal
Enivrez-vous des effluves
du Bosphore turc
Allez
Virevoltez
Dansez
Laissez exploser en vous
le pur
chant de votre corps

Que la joie soit votre respiration
Votre hymne permanent.

POSTFACE

Gaudium, un péan poétique où les vérités éternelles s'offrent à méditer sous l'instance d'une écriture sotériologique empreinte d'altruisme et de sophrosyne, égaillant aux quatre vents les graines des réjouissances pour le Salut de l'Humanité. C'est sous ces traits symboliques que la présente œuvre de René GNALÉGA se révèle. Au cœur de ce recueil de vies et « de la vie pour toujours en partage » (p.13), se formule une « quête inextinguible du bonheur » (p.16), suivant la « pulsion jubilatoire » (p.34) du poète qui se fait parangon d'humilité et d'ouverture au monde.

Le titre du recueil, du fait de la valeur programmatique que l'auteur lui attache et en raison de son apparentement au texte conciliaire intitulé « Gaudium et Spes[10] », donne au projet scriptural de René GNALÉGA une assise spirituelle qui enjambe aisément le cloisonnement religieux et l'individualisme social. C'est corollairement à cela que le poète postule au statut de *vatès* dont la parole médiatrice se fait intercession au bénéfice de l'Homme.

Dans un monde où les discours soporatifs endorment les consciences et désorientent le sens de

---

[10]*Gaudium et Spes* [Traduction : *Joie et espoir*], Constitution pastorale issue du Concile Vatican II, 8 décembre 1965. Texte inspiré de l'encyclique de Jean XXIII : *Mater et magistra* (15 mai 1961) et de la Constitution apostolique : *Humanae salutis* (25 décembre 1961).

la morale, le recours aux *Saintes Écritures* confère à l'œuvre une double dimension testimoniale et salvatrice. Il y a bien inscrite au centre du recueil l'idée du « mystère de l'homme [qui] ne s'éclaire vraiment que dans le mystère du Verbe incarné[11] ». La profondeur d'un tel mystère restera toutefois inattingible pour l'Homme tant que subsistera en lui un zeste de vanité et de prétention à vouloir dominer le monde.

Parce que « le poète, quoi qu'on en dise, est toujours l'homme par excellence[12] », les paroles que René GNALÉGA forme avec enthousiasme ont valeur de vérités fondatrices et inspirantes, à l'exemple d'un vadémécum proposé comme viatique à « la famille humaine[13] ». Il en est ainsi tant l'existence est une longue marche faite d'épreuves parfois insurmontables. Cette marche effrénée est, entre autres, figurée dans le texte par l'itération dont fait l'objet la lettre S. Ce traitement itératif est amplifié par des occurrences anaphoriques et allitératives à valeur échoïque ou phonique pour figurer, d'une part, une mise en résonance de la sensibilité et de la conscience humaines, d'autre part, une mise en perspective des plans terrestre et céleste, humain et divin, horizontal et vertical de la vie.

---

[11]*Gaudium et Spes*, « Avant-propos », Consulté le 27 juillet 2022. Disponible sur https://www.vatican.va/archive/hist_councils/ii_vatican_council/documents/vat-ii_cons_/19651207_gaudium-et-spes_fr.html≠_ftn1

[12]Gérard Dessons, *Introduction à l'analyse du poème*, Paris, Dunod, 1991, p.5

[13]*Gaudium et Spes*, « Avant-propos », *Ibid*.

Par ailleurs, S, cette sifflante inhérente au vent et au souffle dont elle tire sa substance et sa symbolique, fait entrer dans le texte l'idée d'une vibrante prise de parole, celle d'une voix murmurante qui traduit la méditation, la contrition et la prière. Elle inclut également l'idée du souffle de vie, vivifiant ou agonisant, qui témoigne à la fois de la finitude de l'Homme et du prix d'une existence à laquelle l'on reste fortement attaché. Tout cela ramène, de façon lucide, à deux univers qui s'abouchent : d'une part se tient la figure tutélaire de Dieu dont le « souffle inonde l'onde et le monde » (p.9), d'autre part se diffuse le « souffle souffreteux du soufre » (p.8) qui enveloppe la terre tout entière, figurant une atmosphère caustique et anxiogène foncièrement marquée par un « spleen » (p.8) baudelairien dont le poète a fait sa passion.

Par sa forme à double courbe, la lettre S illustre graphiquement la sinuosité d'un chemin, la délinéation d'une voie à emprunter ou d'une route à frayer. C'est le tracé d'un parcours de vie, d'un cheminement intérieur, spirituel et existentiel au cours duquel toutes les rencontres sont possibles et toutes les expériences admises. Du coup, nous voici face au S du « silence – tintamarre » (p.8), silence révérenciel en dépit des turpitudes de l'âme. Nous voilà exposés aux effets coruscants de l'astre solaire quand « la vie devient un rayon de soleil » (p.10), consacrant « la suprématie de la vie » (p.13) sur « la faucheuse » (p.13). Ici, le S de la *Sainte Bible*, parole de vie et source jaillissante dans laquelle le poète trempe inlassablement sa plume. Là, le S de la sanctification et du sacrifice christique pour, enfin, aspirer au « bonheur à son point achevé » (p.42).

S, signe de la fin des « temps qui tangent[14] », symbole du Sud devenu un espace d'incompréhensions qui a désespérément besoin de retrouver le Nord. S, sacrement offert aux cœurs fourbes avançant déguisés dans l'ombre des égos et des ismes de tous ordres. S salvifique de la mort piaculaire du Christ pour une Humanité en ruine : « Son sang versé est notre salut » (p.7). S de la « sève JUBILATOIRE » (p.17), « sève printanière nourricière » (p.38) pour des lendemains plus heureux.

C'est bien sous l'égide du Scriptural, voire du Scripturaire, que René GNALÉGA commet son recueil. L'écriture sapientiale qu'il figure est prototypique de l'Homme imperméable aux tourments de la vie car ayant atteint « ce parfait contentement de son état qu'on appelle le bonheur[15] ». C'est là la voie toute indiquée pour retrouver « la candeur suave de la vie familiale » (p.41) ainsi que « ces belles et vertes années » (p.41) dont le poète est nostalgique.

Sans verser dans un idéalisme extatique, René GNALÉGA présente l'Homme désormais quiet dans son esprit et dans son être le plus profond, conscient de « l'existence farcesque » (p.15) qui lui colle à l'âme comme le *fatum* et pour laquelle il n'y a plus à se lamenter. Même si le poète admet que « tout n'est que

[14]Expression tirée du titre d'un ouvrage de Bernard Zadi Zaourou intitulé *Chroniques des temps qui tanguent (2002-2004)*, Abidjan, Frat-Mat Éditions, 2016

[15]Emmanuel Kant, *Critique de la raison pratique* précédée *Des fondements de la métaphysique des mœurs*, Consulté le 25 juillet 2022, p.13. Disponible sur http://gallica.bnf.fr/ ark:/12148/bpt6k95687k/f3.image.=Kant+Critique+de+la+raison+pratique

joies fugitives » (p.14), il soutient volontiers que le sens véritable de la vie niche dans la puissance du Verbe poétique, source d'« harmonie du Cosmos » (p.40).

Aussi, il émerge au fil des pages une écriture allusive, faite par touches de mots et d'images, congédiant tantôt la syntaxe usuelle pour exposer des poèmes sans verbe qui rappellent le style prévertien. Dans ce cas spécifique, en faisant l'économie des verbes dont la charge grammaticale vise à exprimer une action, un état ou un mouvement, René GNALÉGA parvient à décupler le niveau sémantique et interprétatif du texte pour ainsi donner au lecteur la latitude d'y attacher une signification qui se refuserait à toute exégèse univoque, comme si le sens du texte était désormais le résultat d'un travail de co-construction, celui d'une collaboration entre l'écrivain et le lecteur. Les poèmes « Femme » (p.27), « Le suc » (p.33), « Pulsion jubilatoire » (p.34) et « À fleur » (p.35) en sont la juste illustration.

C'est de cette poésie dynamique, ouverte et actuelle que le lecteur doit se saisir à présent, sans toutefois risquer de se faire « interprêtre, c'est-à-dire esclave ou disciple, voire complice, de l'œuvre même[16] ».

D'aucuns pourraient juger quelque peu exclusive l'idée du salut chez René GNALÉGA, lui opposant que toute croyance n'est qu'un relatif dans l'absolu de la foi en un Dieu Suprême. Au regard des religions dites révélées, bien différentes dans leur doctrine et dans leurs pratiques, un tel raisonnement peut

---

[16]*Théorie de la littérature (1975-1985 et 1992-1997)*, Consulté le 26 juillet 2022. Disponible sur : ‹https://fr.scribd.com/document/15723977/THEORIE-DE-LA-LITTERATURE›

naturellement être questionné. Il n'empêche que la démarche de l'auteur se conçoit bien à l'échelle du régime socio-historique de l'œuvre « qui inclut lui-même un discours institutionnel[17] » ici fondé sur le dogme religieux.

En clair, ce que René GNALÉGA tient dans *Gaudium* a pour trépied les trois vertus théologales que sont la foi, l'espérance et la charité. Une telle configuration du discours poétique prépare à la *conversion*, comme l'entend Dénis Thouard, c'est-à-dire « l'instant qui césure la vie et inaugure une renaissance spirituelle dans la foi[18] ». Au bout de la bienveillance apotropaïque du poète et des nombreuses exhortations qu'il adresse à la société, chaque être humain est mis devant ses responsabilités quant aux choix de vie à opérer.

Gaudium, de *gaudeo* tiré du latin ecclésiastique *gaudire, se gaudir*, c'est-à-dire *se réjouir* d'une joie qui ne se nourrit pas de morgue, de raillerie ou de sarcasme, tel est ce qui mobilise le poète. Loin du déplaisir que le monde moderne sert à tout-va, la recherche d'une dimension hédonique de la vie a tôt fait de mener le poète vers un univers édénique en attente de son avènement. La pensée œcuménique, pour dire universelle, qui s'en dégage visera alors à réconcilier et à fédérer toute la communauté humaine, principalement autour des valeurs que sont l'amour du prochain, le pardon et l'acceptation de l'autre.

---

[17] *Théorie de la littérature, Ibid.*

[18] Dénis Thouard, *Stylistique herméneutique : J.G. Hamann*, Consulté le 25 juillet 2022. Disponible sur : ‹http://www.revue-texto.net/1996-2007/Lettre/Thouard_Hamann.html›

En définitive, une interrogation demeure : « Que ferons-nous pour que le monde change sous nos yeux ? » (p.11). Si l'on prend pour fil de trame la question susdite, il nous revient de souligner d'un double trait la volonté résolue du poète d'apaiser le corps social et de donner libre cours au parcours destinal de l'Homme. Sur cette base, la dimension *politique* du recueil s'affirme. En l'espèce, cette notion [*politique*] doit être saisie à l'étage du socio-littéraire, dans une acception plus contenue et fidèlement à ce que Gérard Dessons en dit : c'est « l'ensemble des relations qui s'installent, par le langage, entre les sujets d'une communauté linguistique. Le poème étant le discours où s'expérimentent, à travers le langage d'un sujet, des modes de signification particuliers, concerne au premier chef l'ensemble des lecteurs-auditeurs[19] ».

L'on comprend mieux pourquoi, tout au long du recueil, langue hébraïque (l'hébreu), langues occidentales (le français, le grec, le latin, l'italien) et langue maternelle ou africaine (le dida), langage humain et Verbe divin se côtoient sainement, même naïvement, pour informer l'écriture. C'est dire symboliquement que c'est par la parole poétique que les contradictions humaines, identitaires ou civilisationnelles seront dépassées, voire résolues.

Convaincu de cette vertu singulière, René GNALÉGA fait de la poésie le réceptacle des rires empruntés et des peines consécutives au déclin existentiel de l'Homme. Sous l'injonction de sa plume, la poésie présente comme le lieu où s'estime la plénitude de l'âme et des cœurs couronnés d'espoir.

[19]Gérard Dessons, *Introduction à l'analyse du poème*, *op. cit.*, p.5

La poésie devient encore le giron dans lequel viennent se lover les multiples élans des êtres en fusion dont le poète exalte l'espérance à l'envi.

La passerelle que René GNALÉGA érige entre les antipodes, entre l'intime de l'humain et du divin confirme sa volonté de tout faire tenir dans l'univers poétique, champ par excellence de « la vie renaissante » (p.22). Un relevé statistique corrobore cet état de fait.

En effet, il affleure dans l'œuvre la lettre V, le V de la vie qui symbolise, par sa forme en réceptacle, aussi bien la cavité utérine, matrice du monde, que le lieu où se candissent à la fois la vision du poète, les rêves et les désillusions de l'Homme. La lettre V est mentionnée 249 fois dans le recueil. Sans prétendre à une étude numérologique, notons que la somme de ce nombre (2 +4 +9) donne 6 qui, dans un effet miroir, correspond au chiffre 9.

Le graphisme inversé de ces deux chiffres (6/9) en fait le symbole de l'endroit et de l'envers, de l'avers et du revers, du recto et du verso ainsi que de tous les couples qui, bien qu'antithétiques, se tiennent de façon indélébile et se donnent sens. Par ailleurs, cela marque la mesure de ce qui est cyclique et inexorable, insécable et pérenne, à l'exemple d'un continuum qui ferait de tous les pôles des vases communicants ou des entités gémellaires dont l'une ne saurait exister sans l'autre.

Cette observation se vérifie encore avec l'idée du *Gaudium* traduite par la lexie « joie » dont 36 occurrences sont repérables dans l'œuvre, depuis le poème « Le salut » jusqu'au texte final « Hymne à la joie III ». 36 étant 3 +6, donc 9, le caractère double de l'écriture se signale corollairement dans *Gaudium*. La dialectique qui gouverne le monde du point de vue théologique — Dieu et Satan, le Bien et le Mal, le bonheur et le malheur, la joie et la tristesse, le salut et la damnation, le Paradis et l'Enfer, etc. — s'incarne pour ainsi dire dans le texte poétique.

Nonobstant cela, le recueil tient d'une écriture de la renaissance, annonciatrice de « l'éternelle vie » (p.13). Il en est ainsi car « 9 », c'est aussi « neuf », ce qui est neuf, nouveau, à l'image de ce que Dénis Thouard indiquait plus haut. L'idée de la renaissance s'entend d'autant plus que 6 (3 +3) et 9 (3x3) sont des multiples du chiffre 3 qui ramène inéluctablement à la Trinité, principe fondateur de la foi chrétienne.

In fine, chez René GNALÉGA, la poésie est l'étalon suivant lequel la joie et l'espoir s'apprécient et se conquièrent. Ainsi s'appréhende *Gaudium*, chant de joie et d'espoir qui se révèle aux longs regards en quête de paix intérieure. Cet « hymne du courage et de la victoire » (p.19), comme un *Te Deum*, incline à apprécier humblement ce que la vie nous offre à vivre, non sans oublier de venir à résipiscence ou de toujours retourner à Dieu en position d'orant.

Mory DIOMANDÉ
Enseignant-Chercheur
Secrétaire Général du Centre de Recherches et d'Études en Littératures et Sciences du langage (CRELIS)
Homme de Mots et de Rires en chamade

TABLE DES MATIÈRES

POÉSIES DÉJÀ PARUES

Le pouls de l'existence - Ati Migada
Le mur blanc de toi nombril - Snayder Louis-Pierre
Le temps d'une vie - Kodzo A. Vondoly
La vallée de nos larmes - Anicet Kouamé
La mandoline du silence - Jean Baptiste Guten Rachad
Le sein gauche de la ville des Gonaïves est une cigarette - Feguerson Thermidor
Qui suis-je ? Collectif
Je détestais le monde - Ahossan Jean-Yves Tanoh
Nous sommes Bouba - Collectif
Mon pays sur mes lèvres - Jean-NoëilKouagn
Brin de Poésie - Ange Patricia Kouamé
Comme les oiseaux du ciel - Assoumou Tano Félix
A Cappella pour Fadyla - Abdal'Art
Silence brûlant - Collectif
Symphonie pour Arafat DJ - Collectif
A vif - Aimée Mazia
Miroir du siècle - Konaté Djakaridja
Rêveur de rêves - Marc Onesime Tiboui
Mille couleurs pour un objectif - Aboubacar Sidick Cissé
Egérie - Abdal'Art
L'ombre d'une douleur - Colletif du cell
La Rose Bleu de l'amour - Jean-Duval YOBOU
Les lignes de mon cœur - Beugré Othniel Chrys Jemuel
Les éclipses de la dignité - Hien-Toh Alphonse
Kanou ou la flamme de l'amour - Zanga Sanogo

Réalisation des maquettes : **Guékourougo N. Koné**

09 BP 3232 ABIDJAN 09
TEL : (+225) 07 57 44 99 00
Site : www.gnk-editions.com

ISBN papie : 978-2-38499-051-1

Imprimé en Côte d'Ivoire par **Impression**
gnk.impression@gmail.com/ (+225) 07 57 44 99 00

Dépôt légal N° 19419 du 03 Janvier 2023
1er Trimestre 2023

www.ingramcontent.com/pod-product-compliance
Lightning Source LLC
LaVergne TN
LVHW040953150826
845672LV00002B/676

* 9 7 8 2 3 8 4 9 9 0 5 1 1 *